ÉMILE FAGUET

de l'Académie Française

LES DIX COMMANDEMENTS

De la Famille

PARIS

BIBLIOTHÈQUE INTERNATIONALE D'ÉDITION

E. SANSOT & Cie

9, Rue de l'Éperon, 9

IL A ÉTÉ TIRÉ DE CET OUVRAGE :

Douze exemplaires sur Japon impérial numérotés de 1 à 12 et Vingt-cinq exemplaires sur Hollande numérotés de 13 à 37.

ÉMILE FAGUET
de l'Académie Française

LES DIX COMMANDEMENTS

De la Famille

PARIS
BIBLIOTHÈQUE INTERNATIONALE D'ÉDITION
E. SANSOT & Cie
7, Rue de l'Eperon, 7

LES DIX COMMANDEMENTS

Tu t'aimeras toi-même.

Tu aimeras ta compagne.

Tu aimeras ton père, ta mère et tes enfants.

Tu aimeras ton ami.

Tu aimeras les vieillards.

Tu aimeras ta profession.

Tu aimeras ta Patrie.

Tu aimeras la vérité.

Tu aimeras le devoir.

Tu aimeras Dieu.

DE LA FAMILLE

I

AMOUR ET RESPECT

La famille se compose du père, de la mère et des enfants. C'est une erreur ; la famille se compose des grand'pères, des grand'mères, des fils, des filles, des gendres, des brus et des petits enfants ; tout au moins il faut, pour qu'une famille soit moralement complète, qu'il y ait un aïeul, un couple et des petits enfants. Tout ce que je dirai ci-dessous tendra à le démontrer et peut-être le démontrera.

Ce qui fonde moralement la

famille c'est le respect uni à l'amour, le respect descendant du père et de la mère et remontant des enfants au père et à la mère, l'amour descendant du père et de la mère aux enfants et remontant des enfants au père et à la mère. Amour et respect mêlés sont ici absolument nécessaires. L'amour seul ne constitue qu'une sorte de camaraderie « chargée de faiblesse », comme dit Corneille et qui ne peut avoir que de funestes suites. Aimer ses enfants sans les respecter et c'est-à-dire ne point leur cacher ses fautes, ses erreurs, ses faiblesses, disons plus vrai, ne pas savoir s'interdire à cause d'eux faiblesses, erreurs et fautes, c'est ne pas les « élever » — prenez le mot dans tout son sens — c'est les rabaisser ou les tenir dans leur abaissement originel. Il faut, par respect pour les enfants, se laisser purifier par eux. Ce père parlait vrai qui disait : « Je les garde ; ils me gardent aussi, et eux moi, plus que moi eux. »

D'autre part se laisser aimer par ses enfants sans s'en faire respecter, c'est égoïsme puéril, plus puéril que tous les sentiments que peuvent avoir les enfants eux-mêmes. L'enfant qui aime son père sans le respecter ne sait pas ce que c'est qu'être enfant. Il ne mesure pas la distance d'une génération à l'autre, ce qui est l'essence même des relations de famille et des devoirs de famille. Il aime son père comme un frère, sa mère comme une sœur. Il dispute avec eux, ce qui n'a rien d'incompatible avec l'amour, mais ce qui ne laisse aucune autorité dans la maison et en rompt pour ainsi parler l'équilibre. Il met l'anarchie et le désordre dans un groupe humain qui doit être une société bien réglée c'est-à-dire une sorte d'organisme.

Mais il est vrai aussi que respecter ses enfants et s'en faire respecter sans les aimer ou sans leur témoigner de l'amour, sans qu'ils vous aiment et sans qu'il leur soit permis de vous manifester leur affection, détruirait la famille tout de même ou presque autant. C'est que, remarquez-le bien, le respect sans amour, n'est pas le respect, il n'est que la crainte. Se faire respecter par ses enfants sans leur permettre de montrer leur affection, c'est simplement leur montrer qu'on est puissant, qu'on est redoutable, qu'on est la force. Il en résultera, non pas la ruine immédiate de la famille, mais sa ruine, sa dislocation future, à assez brève échéance. Un enfant qui n'aura que craint son père, ne le connaîtra plus quand il n'aura plus à le craindre, à vingt ans. Tout lien sera rompu ; puisqu'il n'en existait qu'un, qui n'a plus lieu d'être.

De même le respect du père pour ses enfants, sans amour ou sans manifestation d'affection est aussi *une crainte*. C'est la crainte de leur montrer de la faiblesse, c'est avoir peur qu'ils ne profitent de votre amour pour eux pour vous dominer, pour empiéter, pour vous moins craindre. Le respect à l'égard des enfants, sans amour, c'est la crainte de n'être pas craint.

Les siècles semblent osciller entre ces deux excès, respect sans amour, amour sans respect. On sait qu'autrefois un père était une espèce de suzerain et le fils une sorte de vassal. Le père romain eut longtemps le droit de vie et de mort sur ses enfants. Chez les anciens gaulois, à ce que nous apprend César, les enfants ne se présentaient aux pères et n'osaient se trouver en public en leur compagnie que lorsqu'ils commençaient à porter les armes, comme s'ils eussent voulu dire qu'alors seulement il s'en allait temps que leurs pères les reçussent en familiarité et compagnie. Chez nous, les fils, jusqu'au XIXe siècle, devaient se tenir en attitude de révérence et quasi de servitude devant leurs pères. Ils ne devaient même pas *se dire leur fils* en leur présence, puisqu'ils devaient dire :

« Monsieur » et non « mon père ». Montaigne raille spirituellement cette cérémonie : « Je veux mal à cette coutume d'interdire aux enfants l'appellation paternelle et leur en enjoindre une étrangère, nature n'ayant pas [comme si nature n'avait pas] volontiers suffisamment pourvu à notre autorité ; nous appelons Dieu tout puissant, père ; et dédaignons que nos enfants, nous en appellent. »

Ce manque de communication affectueuse était si contraire à la nature et à la raison que les hommes de ces temps ne laissaient pas de s'en apercevoir eux-mêmes et de s'en repentir. On sait ce que Montaigne nous dit de Montluc : « Feu monsieur le maréchal de Montluc, voyant perdu son fils, qui mourut en l'île de Madère, brave gentilhomme à la vérité et de grande espérance, me faisait fort valoir entre ses autres regrets le déplaisir et crève cœur qu'il avait de ne s'être jamais communiqué à lui, et sur cette humeur d'une gravité et grimace paternelle, avoir perdu la commodité de goûter et bien connaître son fils et aussi de lui déclarer l'extrême amitié qu'il lui portait et le digne jugement qu'il faisait de sa vertu : « Et ce pauvre garçon, disait-il, n'a rien vu de moi qu'une contenance renfrognée et pleine de mépris et a emporté cette créance que je n'ai su ni l'aimer ni l'estimer selon son mérite. A qui gardais-je à découvrir cette singulière affection que je lui portais dans mon âme ? Était-ce pas lui qui en devait avoir tout le plaisir et toute l'obligation ? Je me suis contraint et gehenné pour maintenir ce vain masque et j'ai perdu le plaisir de sa conversation et sa volonté quand et quand, qu'il ne me peut m'avoir portée autre que bien froide, n'ayant jamais reçu de moi que rudesse ni senti qu'une façon tyrannique. »

Et Montaigne conclut avec énergie et presque avec rudesse sur cette question, que « c'est folie et injustice de priver les enfants qui sont en âge de la familiarité [entretien cordial] des pères et de vouloir maintenir en leur endroit une marque austère et dédaigneuse, espérant par là les tenir en crainte et obéissance; car c'est une force très inutile, qui rend les pères ennuyeux aux enfants et, qui pis est, ridicules. »

II

ADMIRATION DE L'ENFANT

> Le siècle d'à présent est bien loin de ces meurs

et nous sommes tombés proprement dans le contraire excès. La camaraderie des pères et des enfants est un des lieux communs dont les satiriques et humoristes modernes ont fait largement leur profit. Je ne m'y étendrai point, la chose n'étant ni à prouver ni à montrer dans le détail avec utilité. Il suffit de la rappeler. Remarquez seulement qu'elle commence dès l'âge le plus tendre. Elle commence ainsi : le père et la mère, en France surtout, peut-être uniquement en France, *admirent* l'enfant, l'enfant de six mois, d'un an, de quatre ou cinq ans ; ils sont comme stupéfaits de son intelligence. Leur vanité leur persuade qu'il n'y a pas d'enfant sur la terre qui ait manifesté de si bonne heure un tel génie. Voilà le commencement. L'enfant, grandissant dans cette atmosphère d'apothéose, devient condescendant et protecteur, souvent railleur à l'égard de ses parents, vers dix ou douze ans. Puis, *tout ce qu'il peut faire*, s'il a un bon naturel, c'est de se ramener, vers quinze ou seize ans, aux termes d'égalité avec ses parents, égalité de courtoisie, du reste, laissant au for intérieur du jeune homme le sentiment de sa supériorité, égalité cependant, comportant compagnonnage, familiarité et camaraderie de bon garçon. Mais c'est tout ce que l'on peut obtenir du jeune homme de bon naturel ainsi élevé. Il n'y a rien de plus amusant que les réactions et courtes révoltes et trop tardives des parents contre leurs enfants à cet égard : quand la familiarité va décidément trop loin, ou simplement, quand ils s'en aperçoivent, ils se rebiffent brusquement et, récalcitrant, rappellent à la pudeur et au respect avec un étonnement et un scandale burlesques. Le respect ne s'impose pas par soudains éclats. Peut-être même n'en devrait-on jamais prononcer le nom. Il s'établit lentement, insensiblement, par l'habitude qu'on donne de lui. Le père qui a été en extase devant son fils de quatre ans ne peut espérer que celui-ci le respectera jamais.

Il ne faut pas tomber dans l'autre extrémité : j'ai été élevé à me considérer comme un imbécile. Il y avait du vrai et beaucoup ; mais à me le répéter sans cesse on me donnait une timidité, non de manières, que je n'eus jamais, mais de fond, la persuation que j'étais destiné aux tout petits emplois, aux professions les plus humbles ; et cette timidité et cette créance il fallut les combattre plus tard très énergiquement et sans grand succès. De ce que je n'ai songé que très tard que je pouvais tout comme un autre être agrégé, docteur etc. du temps que j'ai perdu dans ma jeunesse, j'en incrimine cette résignation à ma faiblesse d'esprit qu'on m'avait inspirée dans mon enfance, incrimination du reste sans amertume ; car ce que je me rappelle avec le plus de plaisir c'est le temps que j'ai perdu ; mais encore les parents ambitieux sont avertis. Seulement, en général, ce n'est pas dans cet excès que je viens de dire que donnent les parents français.

Concluons que sans déprimer l'enfant il ne faut pas l'admirer, quelque admirable que votre amour propre, que vous prenez pour de l'amour, vous persuade qu'il soit ; concluons qu'il faut l'aimer avec respect et se faire aimer de lui avec respect. L'enfant a deux tendances très marquées, celle, bien naturelle, de se considérer comme centre de tout, celle aussi, qui lui manque rarement, de considérer ses parents comme des êtres supérieurs, extraordinaires et surnaturels. Rien n'est plus facile, si l'on est à peu près sensé, que de cultiver cette seconde tendance, au préjudice de la première et de ne pas, comme on le fait si souvent, cultiver la première à la ruine de la seconde: Il faut respect et amour; « il faut, dit Montaigne, se rendre respectable, se rendre respectable par sa vertu et par sa suffisance et aimable par sa bonté et douceur de ses mœurs. »

III

L'ÉDUCATION PAR L'EXEMPLE

Cela doit se dispenser avec discrétion et discernement selon les âges. On ne peut pas exiger du respect d'un enfant de trois ans ; on ne doit exiger de lui que ceci qu'il se tienne à sa place et n'en prenne pas trop ; mais d'assez bonne heure cependant il faut lui apprendre une certaine révérence et lui faire mesurer la distance qui est entre ses parents et lui par des signes sensibles. Je ne suis pas partisan de « monsieur » au lieu de « mon père » et je ne proscris même point le « papa » enfantin jusqu'à un certain âge ; mais je tiens pour le « vous » des enfants au père et à la mère. Ce n'est qu'un signe, mais il est important et par sa répétition grave l'idée. Je n'ai pas besoin de dire que si, de leur côté les parents disaient « vous » à leurs enfants, tout l'effet du « vous » dit par les enfants à leurs parents seraient détruit. Les parents doivent tutoyer leurs enfants. Par parenthèses c'est pour cela entre autres raisons qu'il ne faut jamais tutoyer les domestiques ; cela établit entre eux et les enfants une sorte d'égalité très humiliantes pour ceux-ci et cette humiliation sans aucune raison d'être dépasse le but.

Plus tard il faut s'arranger de manière que respect et amour croissent quand et quand, sans que l'un fasse place à l'autre, sans même que l'un prenne le pas devant. Montaigne a raison de blâmer très fort ceux qui semblent n'aimer leurs enfants que quand ils sont petits : « Une vraie affection et bien réglée devrait naître et s'augmenter avec la connaissance qu'ils nous donnent d'eux, et lors, s'ils le valent, la propension naturelle marchant quand et quand la raison, les chérir d'une amitié vraiment paternelle et en juger de même s'ils sont autres, nous rendant toujours à la raison, nonobstant la force naturelle. Il en va fort souvent au rebours et le plus souvent, nous nous sentons plus émus des trépignements, jeux et niaiseries puériles de nos enfants que nous ne faisons après de leurs actions toutes formées, comme si nous les avions aimés pour notre passe temps ainsi que des guenons, non ainsi que des hommes... Voire il semble que la jalousie que nous avons de les voir paraître et jouir du monde quand nous sommes à même de le quitter nous rendra plus épargnants et retrains envers eux : il nous fâche qu'ils nous marchent sur les talons comme pour nous solliciter de sortir... Si nous avions à craindre cela, nous ne devions pas nous mêler d'être pères. »

Il est ainsi ; et amour respectueux

de part et d'autre doivent aller en progrès, non en régression et rebroussement. Or par quoi, vers la quatorzième ou quinzième année de l'âge de l'enfant, cette respectueuse affection doit-elle se manifester et s'insinuer, aussi, davantage? Par la confidence discrète. Les conseils, sentences, maximes, discours et prêcheries, qui sont monnaie de la plupart des parents, ne servent de rien ou servent peu ; ce qui sert, et tout le monde au fond en est si convaincu, que je ne développerai pas ce point, c'est l'exemple. Evidemment, mais remarquez-vous que l'exemple tout à fait approprié manque, en vérité, manque beaucoup dans la famille. Il existe, certes, mais il est trop général. Quoi? Vous, monsieur, vous êtes homme d'ordre et de bonnes mœurs et de bon labeur et vous allez très correctement à votre bureau ou aux plaids. Vous donnez bon exemple à votre fils, celui du travail régulier; mais ce n'est pas un exemple ajusté et adapté à ce qu'il doit faire pour le présent. Vous, madame, vous êtes « femme d'intérieur » et vous êtes fidèle à votre mari. C'est exemple excellent à votre fille pour l'avenir, mais non pas très spécialement pour le moment actuel. Ce qu'il faut, avec cela et en outre, c'est que vous vous fassiez enfant pour votre enfant, c'est que, par des conversations bien conduites, par des confidences très surveillées vous reviviez avec lui, avec elle, votre enfance pour être comme de plain pied avec lui, avec elle, et pour que l'exemple aussi soit comme à portée de sa main.

Prœterita adstanti veniens ceu cominus ætas.

Il faut dire : « je faisais ceci, je faisais cela ; ma mère me disait ; mon père me disait ; il m'arriva telle aventure ; je m'en tirai comme ceci. » Il faut passer et repasser sous forme d'enfant, sous les yeux de celui qui l'est. Il faut revivre pour enseigner à vivre.

IV

PAR LA CONFIDENCE

Cette méthode, très naturelle ; car nous aimons à nous rappeler (et qu'est-ce que je fais en ce moment ?) est très délicate, souffre beaucoup de difficultés et demande des précautions. Il ne faut pas, jamais, que la confidence ait l'air d'un conseil détourné. Mieux vaudrait le conseil direct. Le conseil direct est fâcheux ; la confidence qui est ou qui paraît être un conseil détourné, est plus fâcheuse, encore, à titre de conseil hypocrite. Il importe d'éviter cela. Il importe tellement, qu'il est bon de ne point dire : « Quand j'étais à ton âge... » ; car cela semble indiquer qu'on se transporte *volontairement* à l'âge de l'enfant pour lui donner des leçons. Il faut que la confidence ait son air naturel et qu'elle semble bien, et qu'elle soit, le simple souvenir qui s'épanche, provoqué seulement par la ressemblance de l'âge que celui-ci a et de l'âge que l'autre a eu.

Il ne faut pas non plus que la confidence sente l'admiration que celui qui l'a fait a pour lui-même. C'est le grand écueil. Les enfants et précisément à l'âge où se place la juste raison des confidences des parents aux enfants, commencent d'être très railleurs ; ils avisent les défauts des parents, singulièrement leurs petits travers d'amour-propre. Ecoutant leurs parents racontés par eux-mêmes, regardant leurs parents peints par eux-mêmes, ils diront assez volontiers, assez vite :

Très franchement le bonhomme s'estime.

Tout ou partie de la confidence en est gâtée, tout ou partie de la leçon indirecte qui doit sortir de la confidence en est perdue.

Si la chose est si difficile, que, plutôt, ne s'en abstient-on ?

— Ceci est l'état d'âme des *trop avertis*. Il faut être averti ; il ne faut pas trop l'être ; ceux qui ne sont pas avertis du tout ne font que sottises ; ceux qui le sont trop ne font rien du tout. Il ne faut pas être trop averti ; ou plutôt il faut l'être complètement et agir comme si on ne l'était pas tout à fait, avec le bénéfice, qui reste toujours, de ceci qu'on l'est très bien. Vous saurez discerner le moment juste où vos souvenirs vont devenir une leçon déguisée, mal déguisée ou qui ne se déguise plus ; vous saurez démêler le moment juste où votre intention très légitime de ne pas vous peindre en mal dégènérera en complaisance à vous peindre en beau ; où votre estime pour ce que vous désireriez que votre enfant devînt va se confondre en une certaine admiration de ce que vous avez été ; où vous allez, insensiblement, vous couler en bronze ;

où un peu de cabotinage va se glisser parmi vos meilleurs desseins et où vous ne direz pas précisément : « m'as-tu vu ? » mais : « Si tu m'avais vu ? »

Un bon correctif du reste (dangereux encore) des confidences destinées secrètement à se tourner en leçons ce sont les confessions. Il ne faut pas craindre tout à fait, il ne faut pas craindre qu'à moitié de revivre les circonstances qui ne vous font pas tout à fait honneur et de les raconter en en exprimant le regret. (Notez qu'il ne s'agit que de l'histoire de votre enfance). Cela, d'une part, vous montrera sous le jour de la droiture et de la franchise ; cela, d'autre part donnera authenticité et autorité au bien que vous direz de vous ; cela enfin sera leçon plus utile que celle qui se pourra tirer de vos bonnes actions ; car c'est le mal et les mauvaises suites qui en viennent qui avertissent de la façon la plus sensible.

Mais à ce genre de confidences le

respect s'en va. — Point du tout. Il s'attache précisément à la bonté et fermeté et pureté d'âme dont vous faites preuve en vous souvenant de vos fautes et en vous en montrant marris. La confession devant les enfants a toutes les vertus de la pénitence. Elle sanctifie le pénitent ; elle édifie les autres.

Mais, du reste, rien que du vrai. Point de vanteries et rien même qui y ressemble. Rien que du vrai et même rien que du vrai vraisemblable et point de ce vrai qui paraît ne point l'être. Gœthe raconte qu'après avoir été flagellé jusqu'au sang par trois méchants camarades et avoir souffert stoïquement sans faire un geste, pour respecter le temps de la classe, aussitôt que l'heure de la fin de la classe eut sonné, il saisit un des trois ennemis par la gorge, le renversa, lui mit un genou sur la poitrine, saisit l'autre par un bras et le renversa, saisit le troisième par son habit et le jeta par terre, puis choqua les trois têtes adverses sur le sol et les unes contre les autres. Le fait peut être vrai ; mais si Gœthe l'a raconté à ses enfants, ils ont dû sourire et éprouver un sentiment qui se distinguait sensiblement du respect.

Enfin il faut se raconter aux enfants avec les précautions nécessaires, et dût-on toucher à quelqu'un des écueils de cette méthode, ajouter au bon exemple général qu'on leur donne les exemples plus particuliers et pour eux plus sensibles que l'on tire de son passé. Ce n'est pas ici qu'il faut dire :

Les exemples vivants sont d'un autre pouvoir.

mais plutôt :

Les exemples passés serviront à l'instruire,

Je me rappelle ce très bon père. Devant ses fils de dix-huit et vingt ans, il me racontait, un peu d'eau aux yeux, sa lune de miel, son voyage de noces, les premiers jours, où il n'osait pas tutoyer sa femme, les beaux lieux parcourus, les incidents, le retour; et le : « il n'y a rien d'aussi beau que notre chez nous » ; il recommençait ; et puis : « Nous avions cinquante ans à nous deux. On se rappelle ces choses-là toute sa vie. » Il était naïf ; il ne songeait pas à donner une leçon. Il en donnait une admirable. Je me suis rappelé ce très obscur bon père toute ma vie.

V

RÉPARTITION DES INFLUENCES

Il arrive un âge dans la vie des enfants où un départ se fait naturellement et doit se faire : le fils appartient désormais plutôt au père, à la mère la fille. C'est vers treize ans pour la fille, vers quinze pour le fils. Cette répartition serait douloureuse si elle ne se faisait progressivement et d'une façon insensible. Elle ne laisse pas d'être un peu pénible. Il faut, je l'ai dit, qu'elle se fasse. La raison est d'abord que le père, à partir du moment donné, n'a plus rien à apprendre à sa fille, ni la mère à son fils. La raison en est ensuite que les sentiments du père pour la fille, de la mère pour le fils ne sont plus exactement ceux qu'il faut à un éducateur, à une éducatrice.

Regardez-y bien : le père aime son fils ; il est amoureux de sa fille; la mère aime sa fille ; elle est amoureuse de son fils. Je veux dire qu'il y a dans le père un sentiment d'admiration tendre pour sa fille ; dans la mère un sentiment d'admiration craintive pour son fils. La mère trouve toujours son fils beau, grand, intelligent, spirituel ; et que toutes les femmes soient amoureuses de lui, à la fois elle le craint et elle aime à le penser ; et si ce n'est pas là de l'amour, c'est un sentiment qui en a bien quelques traits.

Le père trouve toujours sa fille jolie et quelques légers travers, coquetterie, goût de l'attifement, nonchalance rêveuse ou gaminerie excitante, chez elle ne lui déplaisent pas.

L'horreur des belles-mères pour les brus, quelque prévention des beaux-pères à l'égard de leur gendre viendront précisément de là.

Pour le moment, et, il faut le dire, en un temps où l'influence maternelle — il ne s'agit plus d'instruction — serait excellente pour le jeune homme, où l'influence paternelle — il ne s'agit plus d'instruction — serait très utile à la jeune fille, le rôle d'éducateur devient presqu'impossible de la mère à l'égard du fils, du père à l'égard de la fille. C'est le temps où des discordes éclatent à propos des enfants entre le père et la mère : « Tu pardonnes tout à ton fils et tu me caches ses fredaines et tu les encourages. » — « Tu pardonnes tout à ta fille et les défauts que je combats en elle, tu les cultives par les admirer. Un peu plus tu lui en ferais des éloges. Elle s'en croit trop et s'assure à les garder. »

Il y a du vrai. Il faudrait alors, que sans récriminer, le père fît un peu l'éducation *de la mère* relativement au fils et que la mère fît l'éducation *du père* relativement à la fille. Il faudrait que la mère à l'égard du fils, s'éclairât des lumières du père et se défiât des siennes ; que le père à l'égard de la fille en crût la mère plus que lui-même. C'est ce qui arrive souvent, dans les ménages bien unis et intelligents où la confiance mutuelle a persisté et où chacun sait quel est *celui qui sait* relativement à telle chose ou à telle autre.

Cette incapacité relative de la mère à conduire son fils devenu grand du père à conduire sa fille devenu jeune fille, fait le malheur des veufs et des veuves. Le veuf avec jeune fille a souvent une jeune fille émancipée et frivole ; la veuve avec grand fils a souvent un fils dont la conduite la désespère ; c'est que le père est un peu aveugle ; c'est que la mère ne peut pas s'empêcher de fermer les yeux. Quelquefois il est vrai, le malheur est un maître. On a vu des pères, qui, pour avoir perdu la mère de leurs enfants devenaient mères et élevaient leurs fils et leurs filles également bien ;

des mères qui pour avoir perdu le père de leurs enfants, acquéraient des qualités viriles et élevaient bien même leurs fils. Le cas est rare. Le veuf avec jeune fille, la veuve avec fille est dans une des situations les plus redoutables qui soient. Se remarier est un remède, le plus souvent pire que le mal, et donner une marâtre à sa fille, un parâtre à son fils c'est perdre son autorité et ne pas la donner à un autre. Faire tous ses efforts pour acquérir, veuf, le tact d'une mère à l'égard de sa fille, veuve, la fermeté d'un père à l'égard de sa fille, c'est tout ce que l'on peut conseiller. Et l'esprit religieux à tous. Si les fils qui n'ont que leur mère ont des sentiments religieux, leur père leur fait moins défaut, si les filles qui n'ont que leur père sont pieuses, leur mère leur manque moins. Le spectacle de certaines familles décapitées inspire des réflexions sérieuses sur l'affaiblissement du sentiment religieux. Un prêtre disait : « Nous sommes les parents suppléants des familles incomplètes ». On finit toujours par s'apercevoir par quelque endroit de l'utilité des institutions anciennes les plus décriées.

Toujours est-il que dans les familles normales le père reste l'éducateur du fils qui échappe à la mère d'autant qu'il en est plus aimé ; la mère reste l'éducatrice de la fille qui échappe au père d'autant qu'elle est plus aimée de lui ; qu'il y a là une nécessité naturelle qui n'est pas très bonne, qu'il faut la corriger en combattant en soi les faiblesses, les plus légitimes, du reste, du cœur, cela en tout état de cause et surtout en prévision des malheurs qui peuvent survenir.

VI

LES ENNEMIS DE LA FAMILLE

J'ai parlé de ce qui fonde la famille et la maintient. Je dois parler de ce qui la détruit. Les ennemis de la famille sont innombrables et je n'énumérerai que les principaux.

Le premier ennemi de la famille est ce qui l'empêche de se fonder ; c'est la civilisation elle-même. « Ils ont quelque chose dont ils sont fiers. Comment nomment-ils donc ce dont-ils sont fiers ? Ils le nomment civilisation ; c'est ce qui les distingue des chevriers. » Ce qui nous distingue des chevriers appelle plus d'hommes à la vie ; mais comme pour se corriger lui-même, empêche beaucoup d'hommes d'en créer d'autres. D'abord la civilisation retarde, ou, par d'assez bonnes raisons, elle persuade de retarder, l'union féconde, jusqu'au moment où elle ne pourra plus guère être que stérile. Le « chevrier » peut se marier à seize ans ; rien ne l'en empêche, tout l'y pousse et les charges de famille qui pourront de ce fait survenir ne lui doivent point être des charges, mais plutôt des aides et même aujourd'hui comme au temps de Montaigne « là où la vie est questuaire, la pluralité et compagnie des enfants c'est un agencement de ménage et ce sont autant de nouveaux outils et instruments à s'enrichir ». Remarquez, cependant, que *même là*, la civilisation en imposant la scolarité, dont certainement elle a besoin et le service militaire dont elle a besoin tout autant, retarde le moment opportun du mariage et d'autre part empêche que la pluralité des enfants soit tout à fait agencement de ménage et abondance d'outils et d'instruments. Cependant, le chevrier peut, même encore, se marier à dix-huit ans sans inconvénient notable.

Le civilisé, le citadin, qui ne vit pas d'une vie moins questuaire, pour arriver à la possession d'un métier qui lui permette simplement de vivre, à plus forte raison pour posséder un métier qui lui permette de nourrir une famille, doit attendre quinze ans de plus, à peu près, que le chevrier. Il lui faut faire de longues études qui le conduisent à vingt-six ou vingt-sept ans ; puis un stage pendant lequel il ne gagne pas de quoi se suffire à lui-même. Cela le conduit à trente-cinq ans. A trente-cinq ans Edmond Rousse gagnait de trois à quatre mille francs par an. Il se marie et les enfants recommencent, les enfants qui, à lui, sont une charge et lourde, soit qu'il s'agisse d'un fils qui repassera par la filière que je viens de dire et qu'il faudra soutenir jusqu'à la trente-cinquième année, soit qu'il s'agisse d'une fille à laquelle il faudra amasser une dot pour qu'un jour un stagiaire de trente-cinq ans l'épouse, puisse l'épouser.

Il y a bien les carrières de l'Etat; mais ces carrières, précisément parce que les autres ne mettent un homme sur pied qu'à trente-cinq ans, sont très recherchées, très demandées et, parce qu'elles sont très demandées, l'Etat ne voit aucune nécessité de les donner à haute rémunération, il les donne au rabais; c'est une adjudication ; la plupart des emplois de l'Etat, aux fonctionnaires de vingt à trente-cinq ans, ne donnent que des traitements de célibataires et les choses, de part et d'autre, reviennent au même. Un chef de bureau poussait au mariage un expéditionnaire qui du reste « avait de l'avenir » : « Quelle raison administrative avez-vous de me conseiller cela, dit le jeune homme. » Administrative ? Mais oui, j'en ai même d'administratives. Le fonctionnaire célibataire a son purgatoire au bureau ; il n'aspire qu'à y venir tard et en partir avant l'heure pour aller au café ou pour flâner sur le boulevard. Le fonctionnaire marié a son purgatoire dans son logement ; c'est au bureau qu'il est tranquille, qu'il est libre, qu'il est heureux et, vous l'avez remarqué, vous le remarquez en ce moment même, qu'il est jovial. C'est là qu'il respire. Cela devient sa patrie. *Ubi bene ibi patria.* Nous désirons que nos fonctionnaires se marient, pour qu'ils acquièrent le patriotisme administratif.— Il y a du vrai, Monsieur le chef ; mais alors donnez aux expéditionnaires de quoi se marier, puisque vous y trouverez un avantage, même administratif. »

Ce serait excellent en effet ; mais les ressources budgétaires de la plupart des états s'y opposent.

Donc professions libres de civilisés et professions officielles de civilisés, qui auraient le plus grand intérêt à être exercées par des hommes mariés, sont des empêchements à l'union conjugale, ou des retardements tels à cette union qu'ils équivalent presque à des obstacles. Leur régime permet à l'homme de se marier à l'âge où il y a quelque raison pour qu'il n'en ait plus envie, à l'âge où il a pris l'habitude du célibat, le goût de ses plaisirs et son parti de ses ennuis, à l'âge enfin, où se mariant pour faire une fin ou lieu d'un commencement, il ne le fait qu'avec une arrière-pensée de réduire au minimum les « charges » ordinaires qu'il entraîne ou peut-être de les éviter.

La civilisation empêche encore beaucoup d'unions fécondes en ce qu'elle *permet* la vie célibataire et la rend *facile* et même, jusqu'à un certain point, *séduisante*. Le mariage, dans la vie rustique, est à peu près nécessaire : l'homme a besoin d'une femme à la maison pour les soins du ménage, de la cuisine, des vêtements, de sorte que l'homme qui se marie, aux champs, obéit, non seulement à une sollicitation du cœur et des sens, mais à une nécessité économique. C'est le contraire dans la vie urbaine. Elle semble organisée en vue du célibataire et le célibataire semble en être la cause finale. Ici le célibataire peut vivre dans un logement confortable, qu'un serviteur qui n'y vient que quelques heures par jour et qui n'embarrasse point, tient proprement ; il peut se nourrir dans des restaurants très sains qui ne lui coûtent pas plus que vivre en ménage ne lui coûterait et qui lui permettent de ne pas sentir chez lui, six heures par jour l'odeur de cuisine ; il peut, non pas aimer il est vrai intimement et être intimement aimé ; mais rencontrer un amour léger et aimable, quelque fois gai et se persuader qu'il vaut mieux qu'une intimité perpétuelle où les joies sont profondes sans doute ; mais où les mauvaises humeurs sont lourdes aussi.

Ajoutez que la vie urbaine est

tellement organisée pour le célibataire qu'elle n'admet guère que le ménage et n'admet pas les enfants ; que les « maisons bien tenues » écartent et repoussent les familles à enfants nombreux, de sorte que le célibataire est toujours le favorisé, le bienvenu, le désiré et que l'homme marié et père de famille qui n'est pas riche est une sorte de paria dans la société urbaine.

Ce que je dis du célibataire dans la société urbaine est vrai même de la célibataire. Celle qui a le plus d'intérêt à ce que la famille existe, a, tout au moins, beaucoup moins d'intérêt à cela à la ville qu'à la campagne. Confidences d'une ouvrière de Paris : « Je gagne 150 francs par mois, quelquefois plus, jamais moins. Je me nourris pour 50 francs, très bien. Je me loge pour 25 ; très bien. Je m'habille pour 25, très bien. Le reste est pour mon blanchissage, mes bijoux et mes dimanches. J'ai un amant ;

il est charmant, sachant que je n'ai pas besoin de lui. Il m'offre quelque fois le théâtre. Il est charmant. Il me donnerait quelquefois l'envie de l'épouser, si je ne savais pas que, si je vivais continuellement avec lui il serait insupportable. Je suis très bien. »

La seule chose qui pousse le célibataire urbain à se marier, c'est la perspective des maladies. Encore il sait que l'on est mieux soigné dans les maisons de santé que chez soi.... A ce placer au point de vue égoïste, il n'a que des raisons de rester ce qu'il est.

Une dame me disait : « Les célibataires sont des égoïstes. » Je lui répondis : « Vous êtes bien dure pour votre sexe.

— Comment donc ?

— Evidemment ! Dire que les célibataires sont des égoïstes ; c'est dire qu'il faut un peu d'héroïsme pour se marier ; tout au moins beaucoup de désintéressement et qu'on ne peut épouser une femme que par dévouement à la patrie. Vous devriez dire que les célibataires sont des imbéciles qui ne savent pas où est le bonheur. Voilà ce qui serait rendre hommage au sexe qui est fier que vous lui apparteniez. »

La dame n'en avait pas moins raison. Tout, dans la vie urbaine, persuade le célibat. Parce que la vie urbaine a eu affaire a beaucoup de célibataires, elle est organisée par eux et parce qu'elle est organisée par eux elle en a accru le nombre...

VII

AUTRES ENNEMIS

La littérature, les arts, qui sont du reste une forme de la civilisation, sont encore un ennemi du mariage. La littérature n'est intéressante que si elle représente l'homme et la femme dans des situations anormales et extraordinaires, en amour contrarié, en amour malheureux, en amour tragique, en adultère, etc. On accuse les littérateurs immoraux ; ils se défendent comme ils peuvent ; ils se défendraient bien simplement en disant qu'ils doivent être intéressants et que le moral est ennuyeux et qu'ils défient bien qui que ce soit d'écrire un roman lisible avec un amour conjugal sans orage. Les littérateurs

— et Jean-Jacques Rousseau et Tolstoï quand ils ont été littérateurs l'ont bien éprouvé, — ne peuvent pas être moraux ; ils ne peuvent être qu'*à conclusions morales*. Ils peuvent très bien démontrer que l'adultère a des conséquences épouvantables, que la dissipation, le jeu, le libertinage, l'ambition, la soif de paraître conduisent à d'effroyables malheurs, qui sont leurs conclusions et dénoûments. Mais en attendant conclusions et dénoûments, c'est le vice ou l'erreur qu'ils ont décrits et racontés et, sous peine d'être assommants, ils ne pouvaient ni raconter ni décrire autre chose. Le seul roman strictement vertueux, strictement descripteur de la seule vertu, que je connaisse, est *Fécondité* d'Emile Zola et je défie un être humain de lire *Fécondité*. Zola avait commencé par de beaux livres qui étaient de mauvaises actions et il a fini par de bonnes actions qui étaient des livres exécrables. La quasi nécessité de ce choix doit faire réfléchir sérieusement sur le métier littéraire. Les seuls littérateurs qui soient moraux et dans les conclusions et dans le cours même de leurs productions sont les moralistes ; et les moralistes sont gens qui se connaissent trop pour croire qu'ils soient lus.

Tant y a que la littérature et les arts, quelques morales que soient les idées que l'on peut en tirer et même qu'ils désirent qu'on tire d'eux, sont foncièrement consacrés à l'immoralité, à la faute, au moins, au péché, à l'erreur, à l'homme dans les situations comiques, tragiques, en tout cas curieuses où il se met par ceci qu'il ne suit pas les droites voies. La littérature est un mauvais lieu. Elle l'est fatalement, sous peine d'être lieu où nul ne va.

Or, à l'âge où l'on ne peut pas s'empêcher de croire que le bonheur est dans les sensations fortes et par conséquent dans les situations extraordinaires ; à l'âge où il est absolument impossible de se figurer que le bonheur est monotone, que le bonheur est pénétré d'ennui et que le secret de la vie est de savourer la monotonie et de caresser l'ennui comme un compagnon doux et sûr ; à l'âge où la volonté de puissance n'est pas même effleurée par sa volonté de résignation ; à l'âge où le plus mince clerc de notaire contient un Musset qui « veut souffrir » non pas beaucoup sans doute, mais assez pour se sentir vivre ; que veut-on que le mariage dise à quelqu'un *qui n'en a pas besoin*, et pour qu'il n'est que le renoncement aux sensations vives ?

Remarquez que si la littérature est morale en ses conclusions, le jeune lecteur échappe précisément à ces conclusions mêmes et que, d'un livre, ce n'est que cela qu'il omet, qu'il néglige et qu'il oublie. Jean-Jacques Rousseau, qui savait très bien ce qu'il faisait et la portée de ce qu'il faisait, disait de la *Nouvelle Héloïse* : « Toute jeune fille qui lira ce livre est une jeune fille perdue. » Il exagérait un peu; mais reste qu'il n'ignorait point qu'une jeune fille lisant la *Nouvelle Héloïse*, de Julie se rappellerait toutes les folies et oublierait toute la sagesse et tous les sermons. Quelle est la jeune femme romanesque que la conclusion terriblement morale de *Madame Bovary* peut corriger ? Il est si évident que Madame Bovary meurt, non pas de son libertinage, mais du désordre de sa maison et que le désordre de sa maison n'est pas une conséquence nécessaire de son libertinage, que toute femme encline au vice se dira : « ce livre enseigne à prendre des distractions quand on a un mari ennuyeux, en n'oubliant point de surveiller de près ses affaires — à moins qu'il n'enseigne à prendre des amants aimables en n'oubliant point de les faire contribuer honnêtement à son bien être domestique. » Les conclusions morales n'ont pas une autre efficace.

La littérature et les arts ne prédisposent pas du tout à la vie de famille, même quand ils affectent de la prêcher et même quand ils sont sincèrement persuadés qu'ils la prêchent.

Remarquez l'état d'esprit — complexe du reste et je tiendrai compte de tout ce qui y entre — du « monde », de la société urbaine, à l'égard du jeune homme, du vrai vrai jeune homme qui se marie. A moins qu'il ne s'agisse d'un jeune homme à qui l'on connaît de profonds sentiments religieux, devant quoi l'on s'incline assez franchement, on dit à l'ordinaire : « Il est bien pressé. La jeune fille est-elle riche ? A-t-elle des relations puissantes ? — C'est un jeune homme tranquille. — Oh ! Il n'a pas d'imagination. — Certes, il n'est pas romanesque. — Il n'a pas l'esprit poétique. — Bon petit bourgeois. — C'est très sensé du reste. — Eh ! Cela tourne quelquefois mal plus tard. — Eh ! Non ! — — Alors, il sera de ceux *qui n'ont pas de souvenirs.* » A moins qu'il ne s'agisse d'une bonne affaire, laquelle on ne saurait faire trop tôt, un jeune homme qui se marie de bonne heure ne saurait être qu'un peu borné.

Cela veut dire que la littérature a persuadé aux hommes que le bonheur est dans la sensation forte et la sensation forte inséparable d'un peu d'aventure. Elle confond les sensations fortes avec les sensations profondes ; mais encore une fois, étant donné son but, qui est d'émouvoir, elle est en quelque sorte constituée sur cette erreur.

Quelquefois quelqu'un s'écrie : « Je sais les choses : c'est un coup de passion. » Alors tout le monde s'incline, se soumet pour ainsi dire. Du moment que c'est un coup de passion, cela rentre dans la littérature ; le jeune homme n'échappe pas à la littérature ; il s'y engage ; ce n'est pas la fin du romanesque ; c'est un roman qui commence ; on prévoit des drames, des ruptures, le divorce. Le jeune homme aura eu une jeunesse à sa manière et il aura des souvenirs. Il rentre dans la règle, telle que la littérature l'a fabriquée dans l'esprit des urbains.

On voit un peu, une fois de plus, pourquoi Rousseau détestait la civilisation et la littérature. Il y voyait des ennemis de la famille. Il ne l'a pas assez dit; il l'a dit ; mais non pas assez précisément ; il n'a pas assez serré, rassemblé la question autour de l'idée de famille, autour de cette idée : la famille est en danger; il a circulé, un peu vagabondé autour et à distance de cette idée essentielle. Il aurait dû dire et répéter : la famille crée la cité ; la cité crée la société ; la société crée la civilisation ; la civilisation remonte vers sa première source pour la tarir.

VIII

AUTRES ENCORE

Le mariage a encore pour ennemi, de nos jours, le féminisme, en tant que volonté chez les femmes de ne pas dépendre des hommes et de ne pas être auprès des hommes des auxiliaires subordonnés, volonté qui conduit à la résolution de ne point les épouser. Le féminisme, pour lequel on sait assez mes inclinations peut-être mes faiblesses, est, avant tout, une insurrection des femmes *contre les femmes elles-mêmes*, j'entends une insurrection des femmes contre les défauts qu'une longue hérédité a développés en elle: frivolité, puérilité, *poupéisme*, coquetterie, désir de plaire aux hommes et de ne fonder que sur l'amour qu'elles pourront leur inspirer, autrement dit courtisanerie légale et légitime. Voilà les défauts que le féminisme condamne et combat. Par contre et par conséquent il préconise : esprit d'indépendance, ou plutôt d'autonomie, goût du travail sérieux et productif, haîne des arts d'agrément, acquisition d'un art ou métier qui permettra de se passer de l'homme, de ne pas prendre le premier venu, de le quitter s'il rend malheureux. Tout le féminisme sérieux semble inspiré de cette légende de Montaigne : « Nous les dressons dès l'enfance aux entremises de l'amour ; leurs grâces, leur attifure, leur science, leur parole, toute leur instruction ne regarde qu'à ce but. »

Tout cela, je le reconnais, ne conduit pas tout droit au mariage. Chose curieuse, le féminisme écarte du mariage celles précisément qui par leur science, leur courage, leur aptitude aux occupations solides, la fermeté d'âme et d'esprit qu'elles se sentent, leur autonomie même et c'est-à-dire leur forte personnalité, prédestineraient le plus et le mieux à être des épouses excellentes et des mères de familles précieuses ou plutôt sans prix ; et il tend à ne laisser pour le mariage que celles qui ont des âmes de courtisanes. Le féminisme est un ennemi du mariage.

Mais il ne l'est que pour un temps, parce qu'il est un de ces bons ennemis dont on fait des amis délicieux. Vienne une génération où la plupart des jeunes filles, un grand nombre au moins, pour ne pas trop demander et pour ne pas décourager trop de monde, seront véritablement instruites et élevées selon les principes du féminisme intelligent et mèneront leur vie selon ses principes; alors ce seront les féministes que les hommes rechercheront pour les qualités excellentes, pour cette *assurance sur la vie* qu'ils prendront en épousant une femme qui, veuve, pourra se passer d'eux ; enfin pour toutes les meilleures raisons du monde. Et les féministes elles-mêmes n'auront point répugnance à épouser des hommes qui les connaîtront et qui les admettront et qui les désireront comme féministes et qui ni ne voudront ni ne pourront les asservir ; et, seulement, elles auront la liberté de leur choix et ne prendront que qui leur conviendra. Le mariage a dans le féminisme un ennemi qu'il comptera un jour comme un ami, comme un bienfaiteur et comme un rénovateur. Un jour viendra que je m'étonne qui ne soit pas venu, et qui l'est peut-être, où un jeune homme dira : « Je veux une femme qui n'ait pas besoin de moi et qui par conséquent me prenne parce que je lui plairai ; et qui ait la tête assez bien faite et assez de caractère pour me quitter si je suis mauvais. »

IX

L'IDÉAL INTIMIDANT

Un ennemi du mariage encore, mais assez rare pour qu'on soit dispensé d'en médire ou de beaucoup le craindre, c'est l'idéal, c'est la trop haute idée qu'on s'en fait. Disposition naturelle ou excuse que l'égoïsme se donne à lui-même, quelques célibataires raisonnent comme Zarathoustra : « Je voudrais que la terre fût secouée de convulsions quand je vois un saint s'accoupler à une oie. — Tel partit comme un héros en quête de vérités et il ne captura qu'un petit mensonge paré. — Tel autre cherchait une servante avec les qualités d'un ange ; mais soudain il devint la servante d'une femme et il lui faudrait maintenant devenir ange lui-même. — Beaucoup de courtes folies, c'est là ce que vous appelez la vie amoureuse et votre mariage met fin à de courtes folies par une longue sottise. — Tu es jeune et tu désires femmes et enfants. Mais je te demande : es-tu un homme qui ait *le droit* de désirer un enfant ? Es-tu le victorieux, vainqueur de lui-même, souverain de ses sens, maître de ses vertus ? — Ou bien ton vœu est-il le cri de la bête et de l'indigence ? ou la peur de la solitude ? ou la discorde avec toi-même ? — Je veux que ta victoire et ta liberté aspirent à se perpétuer par l'enfant. Tu dois construire des monuments vivants à ta victoire et à ta délivrance. — Tu dois construire plus haut que toi-même. Mais il faut d'abord que tu te sois construit toi-même, carré de la tête et de la base. — Tu ne dois point seulement propager ta race plus loin ; mais aussi plus haut. Que le jardin du mariage te serve à cela.

— Tu dois créer un corps d'essence supérieure, un premier mouvement, une roue qui roule sur elle-même ; tu dois créer un créateur. — Mariage : c'est ainsi que j'appelle la volonté à deux de créer l'unique qui est plus que ceux qui l'ont créé. »

Cela est beau ; mais un peu effrayant. Il ne faut pas beaucoup de modestie pour se juger indigne de remplir un pareil programme. Il ne faut pas beaucoup de défiance pour craindre de ne pas rencontrer qui puisse vous aider à le remplir. Cet idéal est un peu désespérant. Sachons nous dire que là est certainement la vérité dans toute sa plénitude et dans toute sa gloire ; mais qu'il suffit qu'on en approche de loin, comme disait ce simple qui avait l'esprit très juste. Il faut aspirer à se compléter et à s'agrandir. Le *« anctus filio »* des latins est un mot admirable. Mais il faut aspirer seulement à se compléter et à s'agrandir. Il ne faut pas aspirer à créer l'unique. Hector souhaitait que son fils fût plus grand que lui, rien de plus ; et il avait pour femme Andromaque. Le mariage est la volonté de créer du bonheur par la vertu et quelques vertueux capables du bonheur. Réduit à cet idéal relatif, sinon modeste, il est presque réalisable. Ne soyons épouvantés ni de la laideur de ce qu'il est quelquefois, ni de la beauté de ce qu'il devrait être.

X

L'ART D'ÊTRE ÉPOUX

Tous ces ennemis du mariage sont loin d'être invincibles. Les uns sont presque imaginaires, les autres ne sont que pour un temps, les autres sont des conventions littéraires dont on peut se dégager et dont même on peut sourire, les autres très réels, ne sont que des accidents de la civilisation, de la vie urbaine et n'enveloppent aucunement l'humanité tout entière ni même aucune nation tout entière. Luttons contre ces ennemis, réagissons contre ces pressions par la vertu fondamentale du stoïcisme, par la fierté. Disons-nous qu'il y a un honneur à être marié et que le titre de père de famille est une noblesse. Personne n'y contredit ; tout le monde le sent instinctivement. Or c'est une destinée assez agréablement prévilégié que de trouver sa fierté dans son bonheur et, en voyant les enfants croître, de promener son regard, comme a dit Angellier dans un très beau vers :

Sur cet orgueil des jours né du bonheur des [nuits.

Mais il est très vrai, comme Nietzche le dit trop rudement, que le mariage a ses difficultés, qu'il y faut plus que de la bonne volonté, qu'il y faut des prudences, des habiletés, des adresses, qu'il y faut un art. Il y a un art d'être époux, comme il y a un art d'être père et d'être mère. J'ai insisté sur celui-ci en commençant ; je dirai ici quelques mots de celui-là.

L'ennemi *intérieur* du mariage c'est la satiété. Je n'apprends peut-être rien à personne. Nietzsche, qui, du reste, comme Rousseau, se place trop au point de vue du bonheur, intellectuel surtout, de l'époux et ne demande guère de concessions et de sacrifices qu'à la femme, remarque très finement que l'homme aurait besoin de plusieurs femmes selon ses différents âges et que celle qui lui convenait admirablement à vingt ans ne lui convient plus à trente-cinq : « Si l'on se mettait pour un instant au-dessus des exigences de la morale, on pourrait se demander, à l'aventure, si la nature et la raison ne destinent pas l'homme à plusieurs unions successives, à peu près dans la forme suivante : d'abord à l'âge de vingt-deux, il épouserait une jeune fille plus âgée que lui, qui lui serait supérieure intellectuellement et moralement et pourrait devenir son guide à travers les périls de la *vingtaine :* ambition, haine, mépris de soi-même, passion de toute espèce. Plus tard l'amour de celle-ci se tournerait toute en affection maternelle et, non seulement elle supporterait, mais elle exigerait, *de la façon la plus salutaire pour l'homme,* que dans la trentaine il contractât une union avec une fille toute jeune dont il prendrait à son tour en main l'éducation. Le mariage est une institutien nécessaire de vingt à trente [comme, ici, il a raison !] non nécessaire, mais utile de trente à quarante... »

Toute « exigence de la morale » mise de côté, le raisonnement serait *très bon,* si les enfants n'existaient pas ; mais c'est aux enfants que Nietzsche n'a pas songé. Il est très vrai qu'à vingt ans l'homme doit être dirigé et préservé, qu'à trente-cinq ans il aime, au moins, a être directeur et préservateur. Mais d'une part il n'est pas nécessaire qu'à vingt ans il soit dirigé et préservé par une jeune fille plus âgée que lui, mais seulement il faut qu'il le soit par une fille de son âge ; la nature a pourvu à cela en prenant le soin que la jeune fille de vingt ans soit beaucoup plus âgée moralement que le jeune homme de vingt ans. D'autre part, le jeune homme de trente-cinq ans aura certainement le besoin d'être protecteur, directeur et préservateur, mais il le sera tout naturellement de ses enfants, qui auront de huit à quatorze années et aucun besoin d'une union avec une jeune fille de vingt ans n'existera. Les enfants sont les dérivatifs des tendances protectrices, autoritaires et magistrales des parents. Si l'homme de trente-cinq ans n'avait pas d'enfants, oui, je le reconnais, il chercherait instinctivement une jeune fille à élever, à former selon son esprit et son cœur. S'il a des enfants il n'en aura pas même l'idée. Je retourne le mot de Bonald. Il a dit : « N'en croyez pas les romans : il faut être épouse pour être mère. » Je dis : « Il faut être mère pour être épouse » et aussi : « Il faut être père pour être époux. » Pour l'être tout à fait bon et sans arrière-pensée, au moins, d'infidélité.

Obsédé encore par cette idée de la satiété conjugale, ou plutôt, ce qui est un aspect différent de la même difficulté, par la prétendue impossibilité où est une femme de satisfaire les divers besoins, intellectuels moraux, physiques de son mari, Nietzsche songe à un tempérament du mariage par le concubinat physique, uniquement physique : « Les nobles femmes d'esprit libre qui prennent à tâche l'éducation et le relèvement du sexe féminin ne devraient pas négliger un point de vue : le mariage conçu comme l'union des âmes en vue de produire et d'élever une nouvelle génération, un tel mariage qui n'use de l'élément sensuel que comme d'un moyen rare, occasionnel, pour une fin supérieure, a vraiment besoin, il faut le craindre, d'un auxiliaire naturel, le concubinat. Car, si, pour la santé de l'homme la femme mariée doit aussi servir à la satisfaction exclusive du besoin sexuel, ce sera dès lors un point de vue faux, opposé au but visé, qui présidera au choix d'une épouse : le souci de la postérité sera accidentel et son heureuse éducation des plus invraisemblables. Une bonne épouse qui doit être une amie, une coadjutrice, une productrice, une mère, un chef de famille, une gouvernante, ne peut pas être en même temps une concubine ; ce serait trop lui demander. Il pourrait ainsi se produire dans l'avenir l'inverse de ce qui avait lieu à Athènes : les hommes qui n'avaient guère alors en leur femme que des concubines [plutôt des génitrices] se tournaient en outre vers les Aspasies parce qu'ils aspiraient aux attraits d'un commerce libérateur pour le cœur et l'esprit, tel que seuls peuvent le procurer le charme et la souplesse intellectuelle des femmes. Toutes les institutions humaines n'admettent en pratique qu'un degré modéré d'idéalisation ; autrement des remèdes grossiers deviennent immédiatement nécessaires. »

Cette fois on n'accusera pas Nietzsche de n'avoir pas songé aux enfants ; il ne s'en trompe pas moins, absolument sur les aptitudes de la femme et sur la division du travail. Sans aller, en sens contraire, jusqu'au mot, bien connu de Gœthe : « la main qui secoue le balai toute la semaine est celle qui caresse le mieux le dimanche », il est certain que la femme peut cumuler fort bien les rôles de maîtresse de maison, de génitrice, d'amie intellectuelle et d'amie charnelle. Ce que Nietzsche s'exagère, ce sont les besoins de l'homme à ce dernier égard. Encore qu'ils soient grands, ils ne vont pas jusqu'à exiger qu'une femme y soit tout entière consacrée, ce qui amènerait elle et lui, très promptement. à une effroyable stupidité. Le cumul qui dépasse les forces d'une épouse c'est celui d'amie charnelle, de génitrice, de maîtresse de maison, d'amie intellectuelle. — et de femme qui est huit heures par jour hors de chez elle. Ce dernier emploi est à supprimer. Les autres ne sont pas incompatibles.

Mais retournons le dernier mot de Nietzsche : « Toutes les institutions humaines... » Oui le mariage n'admet en pratique qu'un certain degré d'idéalisation ; c'est précisément pour cela qu'il ne faut pas *l'élever et le restreindre* à n'être qu'une préparation extatique de la génération future plus grande et plus noble, à n'être qu'une élaboration du surhumain. Il doit être cela et aussi, comme dit Nietzsche ailleurs, l'amitié, la confiance mutuelle, la fusion douce de deux êtres qui vivent pour ceux qui viendront, pour ceux qui viennent et pour ceux qui croissent ; mais pour eux deux aussi, pour la vie à deux, pour l'appui de l'un sur l'autre ; pour la pression tendre d'une âme sur une âme, d'un esprit sur un esprit.

Sans *obsession* pourtant. La *faim* l'un de l'autre, insatiable et de tous les instants, la *fringale* d'intimité, si admirablement analysée par M. de Porto-Riche dans *Amoureuse*, et fort bien aussi par M. Coolus dans l'*Enfant malade*, arrive vite à être insupportable à l'un des deux et, par répercussion de mauvaise humeur, à tous les deux. Nietzsche, épigrammatiquement, mais fort bien, dit : « Si les époux *ne* vivaient pas ensemble, les bons ménages seraient plus fréquents. » Incontestable. C'est le fait d'être toujours ensemble, toujours rivés, toujours retombant l'un sur l'autre, qui fait de l'union de deux êtres autonomes, malgré tout, et qui ont besoin d'être autonomes tout en ayant besoin d'union, un état anormal et pénible, suppliciant parfois. C'est pour cela qu'il faut que le mari ait une profession qui le tienne loin du logis le *tiers* du temps, au moins, et qui fasse, selon le mot d'Augier, que « la femme soit la préoccupation et non l'occupation du mari » ; c'est pour cela qu'il faut qu'il y ait des enfants *entre* le mari et la femme :

les enfants unissent le mari et la femme, ce qui est un bien et séparent le mari de la femme ce qui est un bien aussi; c'est pour cela que le mari doit admettre que la femme ait des amies et que la femme doit admettre que le mari ait ses amis à lui ; c'est pour cela... mais nous toucherons ce point en finissant.

Les époux ne doivent pas vivre tout à fait ensemble ; ils doivent regretter de ne pas vivre assez ensemble, pour éprouver le plaisir de se retrouver. Le plaisir de se retrouver est précisément la mesure de l'ennui qu'on éprouverait à ne se quitter jamais.

Voilà les diverses mesures, les diverses adresses, les divers expédients que j'appelle l'art de tenir compte de l'infirmité humaine dans le mariage et par conséquent l'art d'être époux.

XI

L'AGE D'ÊTRE ÉPOUX

Mais justement pour tenir compte, dès le commencement et pour toujours, de l'infirmité humaine, à quel âge faut-il se marier ? La question a toujours été posée. Aristote opine pour trente-cinq ans; Platon pour trente. Montaigne, qui qui s'est marié à trente-trois ans, loue l'opinion d'Aristote et donne de son approbation une raison qu'on appréciera : « Voulons-nous être aimés de nos enfants ? Leur voulons-nous ôter l'occasion de souhaiter notre mort ?... Accommodons leur vie, raisonnablement, de ce qui est en notre puissance. Pour cela il ne nous faudrait pas marier si jeunes que notre âge vint quasi se confondre avec le leur... » Ils ont trop longtemps, dans ce cas, à attendre que nous leur fassions place. — « Oui bien ; mais quand ils sont presque aussi âgés que nous ils ont plus de temps pendant lequel nous pouvons les aider et les soutenir. »

Mon opinion est qu'il faut suivre les indications de la nature toutes les fois et tout autant que les nécessités sociales n'y mettent pas un empêchement *absolu*. Or l'indication de la nature est qu'il faut se marier à dix-huit ans. L'indication de la raison et de l'expérience s'y ajoute, qui nous disent que le jeune homme célibataire fait des sottises ou qu'il est malheureux et malade ou, s'il ne fait pas de sottise et s'il n'est ni malheureux ni malade, est une exception presque monstrueuse que nous ne voudrions pas avoir pour fils ; qui nous disent, en un mot, l'axiôme grave, terriblement grave de Nietzche : « De vingt à trente le mariage est une nécessité ; c'est plus tard qu'il n'est qu'utile. »

L'homme doit se marier de dix-huit à vingt ans ; à vingt ans il est déjà un peu tard.

Mais pour se marier il faut être deux. Est-ce une nécessité aussi que la jeune fille se marie à seize ans ? C'est une nécessité tout de même. De seize à vingt-six ans la jeune fille, généralement, ne fait pas de sottise ; mais elle s'étiole, physiquement quelquefois, moralement toujours. Si elle est rêveuse elle se perd dans le romanesque, dans le chimérique, dans « les lourds et tristes songes » ; les plus mauvais romans pour la jeune fille, ne sont pas ceux qu'elle lit ; ce sont ceux qu'elle fait ; si elle est pratique elle devient médisante, cancanière, pointue, un peu méchante ; elle devient vieille fille. Dans tous les cas, elle est comme accablée de son inutilité. Elle en est dévorée. Elle ne la secoue ou n'y échappe que par ce que j'ai dit, les rêves ou les mauvais entretiens. Le plus souvent elle n'y échappe point du tout et son désœuvrement fait pitié, même à elle-même. Les plus heureuses des jeunes filles de vingt à trente ans sont celles qui tiennent la maison de leur père veuf. Elles ont une occupation ; elles ont une maternité ; elles sont des personnes, elles se sentent quelqu'un. Elles ne sont pas très malheureuses et cela se voit à leur allure, à leur geste et à leurs yeux ; elles ont des yeux qui regardent à droite et à gauche. La jeune fille doit se marier à seize ans. A dix-huit il est un peu tard.

Un point très important à cet égard est celui-ci. La jeune fille qui attend pour l'épouser, que la jeunesse de son futur mari soit passée, épouse enfin un homme qui a fait toutes les expériences de l'amour, alors qu'elle n'en a fait aucune et cela, quoi qu'elles en disent, ou quoiqu'elles n'en disent rien, leur est extrêmement insupportable. Il y a dégoût, il y a inquiétude, il y a jalousie rétrospective. La jalousie rétrospective est aussi forte chez la femme que chez l'homme et je vous laisse à penser, Monsieur, si, donc, elle est vive. La jalousie proprement dite des femmes mariées est toujours antée, pour ainsi dire, sur cette première jalousie rétrospective et y prend des forces qu'elle n'aurait pas toute seule, parce qu'elle y prend une conviction qu'elle n'aurait pas toute seule : « il m'a assez trompé avant pour me tromper depuis ; il en a pris l'habitude. »

Pour toutes ces raisons le mariage d'un vétéran, fût-il encore jeune, avec une vierge est une chose, non seulement abominable en soi ; mais très funeste.

Quelle solution ?

Celle que propose, celle que veut une ligue de jeunes filles norwégiennes et qu'a exposée Bjornson dans *Un gant*, et aussi

Mademoiselle G. Fanton, avec un joli talent, dans *Les hommes nouveaux :* les jeunes filles n'épouseront que des hommes vierges? — J'en suis d'avis; mais alors il faut que les jeunes gens se marient très jeunes.

A vrai dire quelqu'un et de beaucoup de talent, M. Léon Blum, dans son livre du *Mariage* en a proposé une autre ; il a proposé la solution inverse : que les jeunes filles se marient au même âge que les jeunes gens, c'est-à-dire tard ; mais après avoir fait toutes les expériences de l'amour que font les jeunes gens ; l'égalité est rétablie. Ce qui s'oppose à cela ; c'est que la femme est essentiellement monogame. Les expériences de l'amour que fait le jeune homme n'engagent pas son cœur ou l'engagent peu. Il peut encore, après elles, être un bon mari. Les expériences de l'amour que ferait la jeune fille, la première surtout, ferait dans tout son être un tel changement, un tel établissement plutôt, que jamais elle n'aimerait son mari d'un amour, pour ainsi parler, intégral. Remarquez que, selon une loi physiologique bien connue, les enfants de cette jeune femme, ressembleraient souvent à son premier amant. C'est dans le mariage entre homme ayant fait les expériences de l'amour et fille ayant fait de même que la jalousie rétrospective appartiendrait légitimement à l'homme. La femme aurait moins de raisons d'être jalouse du passé de son mari que le mari de l'être du passé de sa femme ; et dès lors où est elle, cette égalité que vous prétendiez rétablir ? La femme dirait *presque à tort :* « Tu ne peux pas m'aimer puisque tu en aimé d'autres » ; le mari dirait *presque avec raison :* tu ne peux pas m'aimer puisque tu as appartenu à d'autres. » Où est-elle cette égalité que vous avez prétendu rétablir ?

— Mais il existe pour la femme comme pour l'homme, un âge de la papillonne et un âge de la stabilité.

— Ce n'est qu'à moitié vrai pour l'homme et c'est la civilisation urbaine en reculant le mariage de l'homme jusqu'à un âge absurde, qui a fait l'homme plus polygame, qu'il ne l'est réellement : regardez les paysans, monogames pour la plupart ; — et ce n'est pas vrai pour la femme qui veut toujours que son premier amour soit le dernier : regardez les ouvrières qui en se donnant à seize ans, n'imaginent jamais que ce ne soit pas pour la vie.

— Mais il y a la curiosité de l'inconnu qui se fait toujours sa part. Celui qui se sera marié vierge à dix-huit ans, a trente sera adultère ; celle aussi qui se sera mariée vierge à seize ans, à vingt-huit sera infidèle. J'aime mieux la curiosité satisfaite avant qu'après. Je fais la part du feu quand ce n'est pas une maison mais quelque paille qu'il a à brûler. — Je n'hésite pas à dire, que, la théorie fût-elle vraie, j'aimerais mieux l'adultère proprement dit que l'adultère préalable, l'adultère proprement dit, même de la femme, étant un accident grave, mais qui n'efface pas le souvenir du premier aimé, l'adultère préalable intronisant un premier aimé qui ne s'efface pas du souvenir et qui ne descend jamais complètement du trône. La solution qui consiste à ne marier les jeunes filles que quand elles sont veuves ne me parait donc pas acceptable.

Reste la solution qui consiste à marier les jeunes gens avant qu'ils soient veufs, qui consiste à marier des vierges avec des vierges ; qui consiste à marier des filles de seize ans à des garçons de dix-huit. Voilà les indications de la nature, de l'expérience et de la raison.

Mais nous avons dit qu'il ne faut, hélas, suivre les indications de la nature de l'expérience et de la raison que quand la civilisation n'y met pas un empêchement absolu. L'état de civilisation où nous sommes ne s'oppose-t-il pas absolument aux mariages jeunes ? L'écolier de dix-huit ans peut-il épouser une jeune fille de seize ? Je réponds : oui. Il suffit pour cela, puisque la civilisation a retardé de l'espace presque d'une génération le mariage des jeunes gens ou plutôt la possibilité pour eux d'élever leurs enfants ; que la génération anté-précédente élève la génération post-suivante, que la génération A élève la génération C. — Charles s'est marié à dix-huit ans ; il en a trente-huit ; son fils Pierre, qui s'est marié l'année dernière, a un fils, Jean. Charles, élèvera Jean jusqu'à sa cinquantième année à lui Charles, ce qu'il peut faire parfaitement. Pierre qui aura alors trente-deux ans, commencera à nourrir sa famille ; et ainsi de suite. Chaque génération aura été ainsi élevée d'abord par les grand'père et grand'mère, ensuite par les père et mère, moitié par les uns, moitié par les autres et les charges de tous les chargés, réparties sur toute la vie, seront les mêmes qu'elles sont maintenant, et nous avons le bénéfice du mariage jeune et nous avons aussi celui de chaque génération obligée envers deux générations et non pas envers une seule ; et de la famille, ainsi plus solidement engrenée et formant un organisme plus vaste, plus plein, plus fort.

On voit déjà où j'en voulais venir par les premières lignes de cet écrit. Sans arriver encore à une conclusion, je remarque qu'avec ce régime de mariages jeunes nécessitant les collaborations des grands grands parents et des parents, le grand-père, la grand'mère deviennent tout autre chose qu'ils ne sont aujourd'hui. Ils sont aujourd'hui des vieillards unis aux enfants par la communauté de la faiblesse ; ils sont des enfants que les enfants regardent un peu comme des égaux. Ils sont des parents sans autorité. Ils sont « bonne-maman, papa-gâteau ». Dans le régime naturel ils sont les colonnes de la maison, la grande autorité domestique, à laquelle succède peu à peu, insensiblement et n'est-ce pas bien ainsi? l'autorité paternelle. Puisque vous le voulez, je vous concèderai que c'est même ainsi que le mot grand-père et grand'mère ont un sens.

Toujours est-il que la vraie famille, la voilà, ; l'union et la coopération, dans la même maison autant que possible, de trois générations, grands parents, parents, enfants.

XII

LA FAMILLE COMPLÈTE

Une foule de difficultés sont résolues, une foule d'obstacles sont aplanis, une foule de dangers sont conjurés par cette organisation et une foule de biens domestiques en naissent. Les jeunes mariés se querellent souvent : « on s'aime trois mois, on se dispute trois ans, on se supporte trente ans et les enfants recommencent » à dit Taine. A cause de la présence ou du voisinage des grands parents, la querelle hésite à naître ; elle rentre ; et l'on sait qu'une querelle rentrée est pénible sans doute, mais est moins grave qu'une querelle qui s'est déployée, parce que les mots irrévocables, les mots impardonnables n'ont pas été prononcés.

Les jeunes mariés ont toujours un peu à se plaindre l'un de l'autre. Ils se plaignent d'ordinaire à leurs amis, à leurs amies. Le plus souvent c'est déplorable : l'ami excite plus souvent qu'il n'apaise, l'amie attise plus qu'elle n'éteint. J'ai vu une mère se plaindre à son fils, âgé de dix ans ; c'est encore pire. Il *fallait* qu'elle se plaignît ; mais c'était presque criminel. Dans la « famille complète le grand-père, la grand-mère sont là pour recevoir les plaintes, les discuter, les caresser, les apaiser rien qu'à les caresser et même rien qu'à les recevoir ; car la moitié du soulagement de la plainte c'est d'être exprimée.

Les jeunes mariés ont souvent cette satiété du bonheur dont nous nous avons parlé. Le remède. c'est l'enfant. Oui,certes; mais c'est aussi le grand-père. La solitude à deux dans le bonheur a son malheur : l'intimité trop étroite. Cette intimité est heureusement troublée par l'enfant, mais plus heureusement par les gens âgés, sans être de grand âge, avec lesquels on cause, on échange des idées, on a des gaîtés, toutes choses qui n'entrent pas dans le commerce avec l'enfant. Grand-père et grand-mère sont les dérivatifs et les diversions de l'intimité trop étroite qui est la monotonie du bonheur. « Contredis-moi donc quelquefois pour que nous soyons deux », disait un Oreste à un Pilade qui était trop un Acathe. Le plus souvent les jeunes mariés se contredisent trop ; quelquefois ils ne se contredisent pas assez. Dans les deux cas, les conseils sont bons. Dans le premier ils concilient, dans le second ils varient ; dans le premier ils rétablissent le concert ; dans le second ils y ajoutent un instrument.

On se sent surveillé, il est vrai ; le besoin d'indépendance fait croire qu'on n'est point autonome, « qu'on ne s'appartient pas ». Cela met une gêne lourde. Il est incontestable. On sent toujours les inconvénients d'une chose, dont, si elle n'existait pas, on déplorerait l'absence. Le cœur humain est ainsi fait. Mais, d'abord tout le monde a ses devoirs, les aïeuls eux-mêmes et si leurs enfants ont le devoir du respect, les aïeuls ont celui de la discrétion. Il faut qu'ils gardent des mesures et qu'ils réservent à leurs enfants, dans le temps et dans l'espace, une sphère d'autonomie et de disposition d'eux-mêmes. Ils sont les conseillers, les confidents, les protecteurs et les préservateurs ; ils ne doivent que relativement, que partiellement, être les témoins. Un homme sage est un homme qui sait aussi bien être absent que présent et fermer les yeux que les ouvrir.

Ensuite il faut savoir se faire une raison. L'art de la vie consiste en partie — Jean-Jacques Rousseau avait entrevu cela — à se mettre soi-même dans un ensemble de circonstances qui nous force à faire ce que, d'une façon générale, nous voulons faire; et qui nous empêche de faire ce qu'accidentellement nous désirerions faire. D'une façon générale nous voulons être bon mari, bonne épouse; accidentellement nous voudrions tromper notre femme, tromper notre mari. Dans ce dernier cas la surveillance des grands parents nous est désagréable. Il faut immédiatement se dire que l'on sera enchanté un jour d'avoir fait, avec un peu d'aide, ce que notre volonté générale voulait, encore qu'on eût obéi avec plaisir à sa volonté accidentelle; et l'on se félicitera de l'obstacle que cette volonté accidentelle a rencontré. En particulier pour ce qui est de l'adultère, encore que j'ai quelque indulgence pour l'adultère-caprice — le plus commun — qui n'empêche pas du tout d'aimer son mari, et qui le plus souvent ramène à lui beaucoup plus qu'il n'en détourne, je conseille vivement aux familles l'adultère rêvé et non accompli et crois pouvoir leur affirmer qu'il n'y a que l'adultère rêvé qui laisse de bons souvenirs. Comme il n'y a d'exquis dans l'amour que le rêve qu'on en fait et le souvenir qu'on en garde, il suffit très bien d'avoir rêvé un amant et de se souvenir du rêve que l'on en a fait ; le reste est ce qu'on se rappellerait avec tristesse.

Le mariage jeune et la présence des grands-parents, si utiles aux jeunes mariés, sont choses encore plus utiles aux enfants. Le mariage jeune diminue la distance entre les enfants et les parents. C'est cette distance que Montaigne veut très grande pour que le fils ne soit pas en rivalité avec le père, au champ de bataille, aux affaires, dans la poursuite des honneurs ; pour que le père soit dans la retraite quand le fils est en activité. Il n'y comprend rien, du moins pour notre temps. Pour ce qui est de la rivalité, vingt ans de différence suffisent très bien pour qu'elle soit peu redoutable au père et, au contraire, ce qu'il y a d'excellent pour un fils de vingt ans à avoir un père de quarante, c'est qu'il a en ce père, en même temps qu'un conseiller, un initiateur, un introducteur et un protecteur, beaucoup plus puissant, étant en pleine activité et en plein grand courant, que s'il avait la soixantaine, déjà nonchalant, déjà à l'écart, déjà oublié.

Et pour ce qui est de l'éducation, à laquelle Montaigne ne songe pas; car il est remarquable qu'il n'a jamais songé à l'éducation des enfants *par leurs parents*, il est très grave que la différence d'âge soit grande entre père et fils, entre mère et fille. De trente à dix on se comprend encore ; de quarante à dix, de quarante-cinq à dix on ne se comprend plus. L'éducation consiste en partie à revivre dans l'enfant sa propre enfance en l'éclairant de son expérience, à se refaire enfant pour voir ce que l'enfant peut recevoir de prescriptions et de conseils. On peut revivre son enfance à trente ans ; à quarate ans, c'est difficile, à cinquante ans, c'est impossible. J'ai bien vu cela comme professeur d'enseignement secondaire. A vingt-deux ans j'étais assez bon professeur : à trente ans excellent ; à quarante ans mauvais ; à cinquante j'eusse été lamentable. Notez qu'il est essentiel pour l'enfant d'avoir des parents gais, qui comprennent la gaîté, qu'elle n'importune pas et qui la partagent et même qui l'existent. Les hommes de bon caractère sont ceux qui ont eu des parents gais, les neurasthéniques sont ceux qui ont eu des parents tristes.

Cui non risere parentes...

Il n'y a presque plus de parents gais ; c'est qu'ils ont de quarante à cinquante ans. C'est un désastre pour une génération d'avoir des parents feuille-morte.

Pour ce qui est de l'utilité pour les enfants de la présence des grands parents, elle est bien évidente. L'enfant qui ne vit qu'avec ses parents n'a pas toute la vie devant les yeux. Il n'en voit qu'une partie. Or le spectacle de toute la vie humaine, vue de près, est un élément excellent, et l'élément essentiel de l'éducation. Il faut que l'enfant ait sous son regard l'enfance en la personne de ses frères, la jeunesse et l'âge moyen en la personne de ses père et mère, l'âge mûr et la vieillesse en la personne de ses grands parents. J'avais un père et une mère, trop vieux pour moi, un grand'père et une grand'mère âgés, avec cette correction que mon grand'père était resté jeune de caractère : mais enfin âgés. Je sentais très bien qu'il me manquait quelque chose. Cette lacune était réparée quand mon oncle, excellent jeune homme, séparé de moi seulement par vingt ans, venait séjourner avec nous. Il était de bon conseil, d'assez bon sens et il était gai. Il m'apprenait quelque chose de la vie et il m'apprenait encore des jeux. Il avait l'âge, relativement à moi, qu'il aurait fallu qu'eût mon père. Mais grâce à lui mon régistre était complet. J'avais en lui quelque chose comme le père qu'il m'eût fallu, j'entends au point de vue de l'âge, dans mon père presque un aïeul, dans mon granpère un bisaïeul.

Il convient ainsi. Il faut que l'enfant voie la vie dans tout son progrès et dans toutes ses nuances. C'est ainsi qu'inconsciemment et du reste avec quelque réflexion déjà, il la vit un peu dès ses premiers pas. Il n'y a pas d'autre préparation à la vie que de la vivre un peu par avance,

Considérez surtout que la présence des grands parents met l'enfant à l'école du respect. Il voit ses parents, qui veulent être respectés de lui, respecter quelqu'un. C'est la seule manière dont ils puissent apprendre le respect et non pas seulement ses apparences.

J'ai dit qu'il fallait que les parents, par leurs souvenirs racontés, par leurs confidences discrètes, fissent repasser leur vie à eux devant les yeux de leurs enfants, l'exemple étant le fond même de l'éducation. Il y a mieux : il y a l'exemple vivant ; il y a vivre, devant les enfants, la vie d'enfant relativement â d'autres ; il y a être père en regardant ceux qui vous suivent et enfant en regardant ceux qui vous précèdent ; il y a enseigner aux enfants ce qu'ils doivent être à votre égard et ce qu'ils devront être plus tard à votre endroit par ce quc l'on est envers ceux à qui l'on doit d'être. Les enfants qui ne font pas leur devoir envers leurs parents sont gens qui n'ont pas eu de grand'père ou dont les parents se sont mal conduits envers leurs aïeuls. Autant c'est un exemple anti-éducatif, inhumain, sauvage, que celui des parents qui, en présence des enfants, traitent mal l'aïeul, autant c'est le fond même de l'éducation bonne que le père, devant les enfants, redevenant enfant devant le grand'père.

XIII

LA FAMILLE IDÉALE

Telle est la famille, la véritable, une petite patrie qui ne doit pas être très petite, qui doit comprendre plusieurs générations, qui doit être au moins une trinité de générations, qui exige par conséquent le mariage jeune et la collaboration des aïeuls à l'œuvre familiale ; qui est décapitée quand elle est celle

que ne dépasse plus le front blanc de l'aïeul ;

qui doit avoir ses trois ordres, comme une nation bien ordonnée : son clergé à cheveux gris, sa noblesse à cheveux noirs et son joli peuple à cheveux blonds.

C'est ainsi que la famille est un

organisme complet ; c'est ainsi que Lamartine la comprenait quand il se rappelait ces temps

Où la maison vibrait comme un grand cœur
[de pierre
De tous ces cœurs joyeux qui battaient sous
[ses toits ;

et quand il la peignait ainsi, cette maison d'autrefois :

On eût dit que ces murs respiraient comme
[un être,
Des pampres réjouis la jeune exhalaison.
La vie apparaissait, rose, à chaque fenêtre
Sous les beaux traits d'enfants nichés dans
[la maison.

. . . .

. . . .

Et tous ces bruits du jour que l'aube fait
[renaître,
Les pas de serviteurs sur les degrés de bois,
Les aboiements du chien qui voit sortir son
[maître,
Le mendiant plaintif qui fait pleurer sa voix,
Montaient avec le jour; et dans les intervalles,
Sous des doigts de quinze ans répétant leur
[leçon,
Les claviers résonnaient ainsi que les cigales
Qui font tinter l'oreille au temps de la mois-
[son,

Quelqne chose de cette idylle et ce qui en est l'essentiel, la fécondité, la concorde et la paix, peut se retrouver dans toute famille suivant les voies droites et les indications de la nature elle-même. On s'en convaincra en méditant cette parole profonde de Nietzsche où se trouve comme ramassés les rapports intimes qui unissent la famille et la patrie et qui fondent l'une sur l'autre : « Si tu te sens grand et fécond dans la solitude, la société des hommes te rendra stérile. Inversement. Une puissante douceur comme celle d'un père. Où ce sentiment s'emparera de toi, que ce soit dans la foule grouillante ou dans le silence, c'est là qu'il faudra bâtir ta demeure. *Ubi pater sum, ibi patria,* »

TABLE

PRIVAS. — IMP. LUCIEN VOLLE.

Pour paraître en 1909-1910 :

ÉMILE FAGUET
de l'Académie Française

Les Dix Commandements

FORMANT UNE SÉRIE DE DIX VOLUMES
PETIT IN-12 COURONNE A **1** FR. LE VOLUME

I. — DE L'AMOUR DE SOI.
Tu t'aimeras toi même

II. — DE L'AMOUR. (Paru.)
Tu aimeras ta Compagne

III. — DE L'AMOUR DE LA FAMILLE.
Tu aimeras ton Pere, ta Mere et tes Enfants).

IV. — DE L'AMITIE. (Paru.)
(Tu aimeras ton Ami

V. — DE LA VIEILLESSE.
Tu aimeras les Vieillards).

VI. DE L'AMOUR DE SA PROFESSION.
Tu aimeras ta Profession

VII. DE LA PATRIE.
Tu aimeras ton Pays

VIII. — DE LA VERITE.
Tu aimeras le Vrai

IX. DU DEVOIR.
(Tu aimeras le Devoir)

X. — DE DIEU.
(Tu aimeras Dieu)

Il sera tiré de chaque volume

Douze exemplaires numérotés sur Japon impérial au prix de **5** francs,

et Vingt-cinq exemplaires numerotes sur Hollande au prix de **3** francs.

Imp. F. Durand, 46, rue St-Andre-des-Arts, Paris

www.ingramcontent.com/pod-product-compliance
Ingram Content Group UK Ltd.
Pitfield, Milton Keynes, MK11 3LW, UK
UKHW021207220726
13924UKWH00003B/1370

9 782019 908706